Te quiero, papá

1.ª edición: marzo de 2018

© Valentí Gubianas, 2018
Ilustrador representado por IMC Agencia Literaria S. L.
© Grupo Anaya, S. A., 2018
Juan Ignacio Luca de Tena, 15. 28027 Madrid
www.anayainfantilyjuvenil.com
e-mail: anayainfantilyjuvenil@anaya.es

ISBN: 978-84-698-3639-2
Depósito legal: M-34224-2017
Impreso en España - Printed in Spain

Las normas ortográficas seguidas son las establecidas por la Real Academia Española en la *Ortografía de la lengua española,* publicada en 2010.

Valentí Gubianas

Te quiero, papá

ANAYA

Papá, me gusta...

... cuando preparamos el desayuno.

... cuando me subes a caballo.

... cuando vamos a patinar.

... cuando jugamos en el parque.

... cuando me bañas.

... cuando me cuentas cuentos.

Te quiero, papá.